삶의 순례길

황금알 시인선 105
삶의 순례길

초판발행일 | 2015년 5월 15일

지은이 | 하정열
펴낸곳 | 도서출판 황금알
펴낸이 | 金永馥
선정위원 | 마종기 · 유안진 · 이수익 · 김영승
주 간 | 김영탁
편집실장 | 조경숙
표지디자인 | 칼라박스
주 소 | 110-510 서울시 종로구 동숭동 201-14 청기와빌라2차 104호
물류센타(직송 · 반품) | 100-272 서울시 중구 필동2가 124-6 1F
전 화 | 02)2275-9171
팩 스 | 02)2275-9172
이메일 | tibet21@hanmail.net
홈페이지 | http://goldegg21.com
출판등록 | 2003년 03월 26일(제300-2003-230호)

값은 뒤표지에 있습니다.

ISBN 978-89-97318-99-5-03810

삶의 순례길

하정열 시집

황금알

환갑의 고개를 넘어보니 이 세상 참살만 하다고 느낀다. 삶의 쪽마다 기쁨과 즐거움만 있었다면 어디 그럴 수 있겠는가? 40여 년의 군 생활 동안 부여된 소명을 다 하지 못하는 죄책감에 흔들리는 날들이 많았고, 고비 고비 넘어오면서 지새는 달을 보듬고 밤새워 뒤척이는 아픔이 있었기 때문이리라.

이제 전역한 지도 6년여 지나고, 세 번째 시집 『삶의 흔적 돌』을 낸 지도 4년여가 다 되어가는 시점에 '삶의 순례길'이라는 이름을 지어 이번 시집을 내놓는다.

얼마나 더 걸어야 순례를 마칠 수 있을지 모르지만, 이제는 종착역을 향해 한 발 한 발 옮기고 있는 것만은 확실하다. 여생을 '조국과 통일'이라는 화두를 붙잡고 올곧은 소명의 길을 가고픈 열정을 쉽고 편한 시어로 다져본다.

여기에 수록된 통일을 열망하는 호국시들은 이러한 고뇌와 다짐을 쉬운 글로 써서 언론과 시 전문지에 발표한 것이다. 우리 조국, 이 땅에서 앞으로도 통일과 일류국가 발전을 위해 할 일이 많으니, 생의 의지를 불태우며 뒤척이는 나는 참 행복하다!

희망찬 2015년을 열며
통일 하정열

차 례

1부 희망의 불꽃

2부 삶의 순례길

3부 꿈과 인연

4부 충정과 통일의 길

5부 배달의 조국이여

1부

희망의 불꽃

한고비 넘어

달빛 젖어 흘러내리는
삶의 등성이
한고비 넘어
몸살 걸린 염원의 길

날마다 죽어서
다시 태어나는 태양처럼
밤새워 뒤척일 기다림 하나 안고
시밝을 퍼올리는 홀림길에서
오늘도 서성이는데

비바람 소리에
어슴푸레 잠을 깬 안개꽃이
또 흔들리는 하루를 연다.

* 시밝 : 새벽

12

나눔

나누고 또 나누어
물든 산 한 자락
석양빛 한 잎마저도
나누어 주었더니

초아의 가슴 속엔
있는 듯 없는 듯
사랑 가득
행복 가득

비움

비우고 또 비우고
마중물의 꿈마저
노을 내리는
고요가 머문 자리
하늘길에 비웠더니

깨어있는 영혼만으로
늘 감사하는
내 마음 깊은 곳에
함초롬히 둥지 튼
파랑새 한 마리!

겸손

생명의 근원마저 앗아간
모든 번민 이겨내고
물소리에 묻혀드는 별빛도
늘솔길의 바람 소리도
자의누리로 품어 안고

쪽빛 선율과 그윽한 향기로 피어나
다가올 듯 멈추어 서서
실바람 결따라 흔들리는
희망과 나눔의 꽃이여!

청 푸른 삶의 씨를 품은
해맑은 영혼으로
다소곳이 익어가는
삶의 화신이여!

* 자의누리 : 중심세계

희망

터질 듯 부푼 열정 속에 피었던
눈시울 환한 그리움도

삶의 한 모퉁이를 에돌아 돌아온
흔들리는 괴로움도

추억마저 거부한 채
혼백을 후벼 파는 삶의 아픔도

새벽 풀 섶에 한 방울 이슬처럼
날 속인 휘청거린 세월도

스쳐간 지금,

희망 안고 살아간다는
그 의미 하나만으로도
눈이 시린

우리는 행복한 사람이다

기다림

당신 오는 길
쓸고 나니
온 누리
다시 환해집니다!

정읍 오거리 장터

내 고향 정읍 오거리 장터에는

온갖 소리란 소리는 다 모여 왁자지껄했었지
엿장수와 약장수의 가락 소리, 뻥튀기 소리,
판소리, 떡판 치는 소리, 흥정하는 소리,
윷판의 허벅지 두드리는 소리,
음매, 멍멍, 꼬끼오 소리들 앙상블을 이루었지!

온갖 정이란 정은 다 모여 사랑의 봇물을 터뜨리곤 했
었지
장터국밥집 아줌마 그릇 넘치도록 퍼주던 국자에도,
야채 장수 아저씨 가득 집어주던 큰 손에도,
젓갈 장수 할아버지 듬뿍 퍼주던 됫박에도,
고봉으로 쳐주던 쌀집 할머니의 마음에도 정은 활짝
피어났지!

온갖 만남이 다 모여 정자나무에서 따온 소식들을 풀
어놓았지
서로 흥정하고, 하소연하고, 사랑하고, 소식을 전하곤

했었지

  갑돌이가 아들을 낳았다더라, 순자가 누구와 바람을
피웠다더라,

  장돌뱅이 따라 소문은 날개를 달고 거리를 날아다니고,

  새벽부터 별이 다시 빛날 때까지 동네방네 사발통문이
되었지!

  온갖 삶이 다 모여 아픔을 위로하고 보듬어주었지

  시집살이 버거운 며느리의 가슴앓이도,

  열 손가락 넘치는 애들을 키워야 하는 과부의 아픔도,

  노름판에 전 재산을 홀랑 날려버린 홀아비의 한숨마저
도,

  서로서로 어깨를 내주고 손을 잡아주었지!

  시끌벅적했던 모든 것이 떠나간 오거리에는

  장터를 헤집고 뛰어다니던 동네 꼬마 친구들이

  이제는 텅 빈 시장터의 시름 깊은 주인으로 들어앉아

  옆에 근사하게 들어선 서울댁네 롯데마트를 흘겨보며

  저 혼자 앓고 있는 뭉게구름과 삶을 흥정하고 있었지!

개기월식

겨우내 몸 불린 놈은
불살라 먹고 불살라 먹고

애 밴 처녀는 민얼굴
달아오르고 달아오르고

계수나무에 감춰 둔 처녀성
훔쳐보려고 훔쳐보려고

우리네 심장은
콩닥콩닥 콩닥콩닥

해와 달, 구경꾼이 얼추 어우러지는
멋진, 그러나 아프고 슬픈 한 판이여!

* 개기월식 : 2011년 12월 10일 23시 32분

생명의 전령

춘삼월 실바람은
꽁꽁 언 나뭇가지에 몸을 녹이고
매화 향기로 다가와
물안개 피는 여울물 소리로 태어난다

춘삼월 하늘빛은
누리 가득 희망을 머금고
늦동과 초봄의 건널목에서
청 푸른 보슬비로 목마른 대지를 적신다

"생명의 전령이 쏟아지고 있어요
모두 나와 두 팔 벌려요"
물오른 버들강아지 아파트 창문을 향해
사랑의 함성을 지르고 있다

혼탁한 도심에서 온몸으로
겨울의 어두운 무게를 견디어낸
가슴 속 내밀한 번민은
그 순간 탯줄을 떼어 내고
행복한 초록 비가 된다!

숭어들의 반란

노동절 새벽을 깨우는 여명의 빛깔 따라
청계천의 숭어떼들 난리가 났다
물살을 휘갈기며 달려들어
퍼득 거리는 저 젊음을 보라
단 한 치의 양보도 없이
온몸을 던지는 수컷 무리들을 보아라

농산물시장의 떠들썩한 함성과
우시장의 생동감을 딛고 서서
무리 지어 정사의 욕망을 발산하는 몸짓으로
청계천이 무너지는 소리를 들어라

그 무엇이 이 새벽을 이렇게 숨 가쁘게 하랴
봄물을 퍼 올리는 욕정의 본능인가
터질 듯 부푼 생명의 환희인가

동트는 햇살마저 제 마음 가눌 길 없어
팽팽한 속도로 검붉어지고
온몸이 풍선처럼 달아오른다

가슴 깊은 곳에서 솟는 푸르름의 아픔으로
새 생명이 꿈틀대는 기쁨의 함성으로
시 바이러스가 야성의 날갤 펴
반란군을 향해 냅다 뛰어든다

아! 천지가 생동하는 봄이다!

어우러진 삶

나
너
우리

잘 어우러진 삶이다!

참 살맛 나는 세상이다!

행복

바로 멋진 당신이 있어
힘든 오늘도
우리는 행복하다!

환갑을 맞으며

나 이제 겨우 한 순을 돌았네
환갑이 되면 세상사 제법 읽을 줄 알았네
어디로 가느냐고 물어보니
어디서 왔느냐고 되묻네
이제 보니 지나온 세월이 구름이었나

그저 어린 마음 그대로라네
떠나간 세월이 아쉬워 뒤돌아보니
우정이 맴돌다 간 자리엔
흐릿한 안개
비틀거린 자리엔 멍 자국 가득하네

나 이제 한 생을 보내고 나니
갈잎으로 물든 영혼은 가을인 줄 알겠네
어디로 갈 거냐고 물어보니
세월 따라 흔들릴 거라고 대답하네
이제 보니 지나온 세월이 행복이었나

잡고 온 손들을 세어보니

그리운 마음만 흠뻑 적시네
다가올 날들을 헤아려 보니
침침한 눈빛 속에
청 푸른 불빛 하나 세월 타고 달려오네

희망의 불꽃

우리에겐 남다른 친구가 하나 있지요
어느 날 불청객으로 찾아와서
집을 짓고는 떠날 줄도 모르는
염치없는 친구지요

잊을라치면 쿡쿡 찌르기도 하고
어루만져주면 몸과 마음속에
저 홀로 둥지를 틀고 주저앉기도 하는
심술궂은 친구지요

절망과 희망이 교차하는 길목에서
때론 친구와 함께 흔들리면서도
우린 특별하지도 빛나지도 않는
소박한 꿈을 꾸지요

친구와 더불어 따뜻한 동행이 되길 바라는
작디작은 바람 하나 가슴에 안고
우린 생명이 꿈틀대는 기쁨으로
아픔과 상처를 딛고 다시 일어서지요

그대! 이아소 여신이 내린 선물은
새봄 몰고 오는 마파람 소리에
더 푸른 소망으로 우리에게 다가와
"힘내세요! 힘내세요!"라며 속삭이네요.

온 누리가 희망의 불꽃으로 환해지네요!

2 부

삶의 순례길

삶의 순례길

하늘 끝 맴도는 뜬구름에
욕망을 묻고

가을밤 잘 읽은 등불에
꿈을 매달아

고운 달빛 해맑은 바람 소리에
희망을 날리면서

이순의 중턱에 선
삶의 순례길

뉘와 더불어
따뜻한 동행이 될까

해운대의 아침

아파트로 뒤덮인 산 그림자
달빛 잔영 머금은 파도를 휘감아
풋사랑 비밀 품은 백사장을 이루고
설레는 나그네 연락선 되어
오륙도의 아침은 물살 위로 흐르누나

밝은 세상 빛으로 다가서는
먼 날의 어린 햇살을 신고
통통배는 느림보 걸음

눈 비비고 은빛 바람과
사랑 나누는
소녀들의 깔깔대는
발자국 따라

해운대의 아침은
도심에서 도망쳐 온 벗이 되어
콘도 방안으로
살포시 들어서누나

한려수도

온 산이 무르익어가는 가을 소리에
고요한 한산도의 쪽빛 바다 내음은
잔잔한 물결에 떠다니는 한 많은 섬들을
품에 안아 어르고

막새바람으로 한가로이 떠도는 범선은
충무공의 유적들과 어우러져
여행객의 마음을 흔들며
육십 리 길을 수놓는다

삼도수군통제영의 세병관과
작전회의 하던 제승당에는
아직도 충무공의 우렁찬 목소리
가을 하늘을 푸르게 물들이고

큰 칼 옆에 차고 깊은 시름하며
조국 위한 충정과 필사즉생의 헌신으로
생과 사의 갈림길을 넘나드는
승전고의 나팔소리 하늘을 찌른다

나도 공의 충정을 이어받아
노을로 피어나는 한려수도 하늘길에
통일조국의 길 열어주는
무너지지 않는 다리가 되고 싶다

* 막새바람 : 가을에 부는 신선한 바람

거제도 포로수용소

    북한군과 중공군의 포로들을 관리하던 거제도 포로수용소에서 서로에게 총부리를 겨누었던 민족비극의 현장을 본다 나와 같은 해에 태어나 17만 명의 포로들을 수용했던 사상대립관과 폭동체험관에서는 이 땅에서 다시는 없어야 할 이념과 사상으로 대립하던 반공포로와 친공포로의 어리석은 오만과 방종의 싸우는 모습이 연출되고, 폭동을 몸소 겪은 민족의 아픔과 반공포로를 석방하던 이승만의 용기를 본다.

아직도,
역사의 교훈을 깨우치지 못하고
반세기 이상을 이념과 갈등의
늪에 빠져 허우적대는
철없는 겨레를 구하소서!

조국의 소명을 짊어지고 오는 초인이여!

소록도

아기사슴을 닮아 소록도라 불리는 곳
천형의 섬이 된 지 구십여 년 만에
한하운의 전라도길을 따라 나섰으나
그의 아픔과 슬픔이 먼저 다가와
소록대교 맘 편히 건널 수 없었네

갈맷빛 송림과 온새미로 백사장은
마리안느와 마가렛 수녀의
헌신적인 사랑 이야기와 어우러져
한센인의 아픔과 슬픔을 껴안고 있었네

삶과 죽음의 갈림길에서
보리피리 불며 고향을 그리워했던
형제들이 보고파서
다가갈 수 없는 외로운 길에
별빛과 달빛 다 안아
갈바람 메아리로 머무르는
갯바위로 서 있으려네

* 온새미로 : 자연 그대로

포도맥강

인디언의 슬픈 함성을
뒤뚱거리는 콜럼버스의 낙엽에 싣고
당신은 말없이 흐르고 있네요

톰 소여의 아픔을 딛고
게티즈버그에서 다시 태어난
자유의 힘찬 물결은 포도맥강을 따라
역사의 긴 항해를 하고 있네요

호들갑 떠는 이 백 년의 문화를
워싱턴 기념탑의 그림자로 가리우고
알링턴 국립묘지의 진혼곡에
한국전 참전용사는 울고 있네요

아!
링컨의 미소가
왕벚꽃 너머로 넌지시
나를 보고 있네요

그랜드캐니언

오만을 접는 사색의 늪에서
자연과의 내통을 통해
용솟음쳐 장관을 이룬
형형색색의 기암괴석이여!

수수억 년의 세월의 무게
홀로 삭인 긴 속울음에 말갛게 씻겨
저 영혼의 깊이에서 도도히 흐르는
콜로라도강이여!

풍상을 이겨낸 삭고 여윈 아픔을
웅장한 협곡들로 만들어낸
숨소리마저 멈추어 선
끝없이 펼쳐진 장엄한 파노라마여!

삶의 순례길 가없는 물음 속에
번뇌해온 무한 생의 역사의 현장에서
희로애락을 벗어던진 자연인의 탄성은
청 맑은 햇살로 오선지에 쏟아지고

영겁과 찰나의 접점에서
우린 모두 하나 되어
동경의 몸짓으로
쪽빛 하늘을 바라본다.

요세미티 국립공원

원시의 몸 솟구쳐 하늘로 비상하는
엘캐피탄은 장관을 이루고
허공이 되어 벼랑에 내려앉는
요세미티 폭포 소리 천지를 뒤흔든다

빙하의 침식으로 깎이고 다듬어져
하늘을 덮친 기암절벽과
뒤질세라, 우뚝 선 자이언트 세쿼이아는
수 천 년을 지켜온 이야길 풀어 놓는다

그윽한 풀향기 가슴 깊숙이 스미어 오면
행간에 스며드는 은은한 고요
나 홀로 눈을 감고
흰머리 수리되어 하늘을 난다

라스베이거스

일확천금의 환상을 꿈꾸며
욕망의 끝자락에 눈 비비고 선
가련한 영혼을 본다

잭팟을 터트리려고
온 밤을 꼬박 지새우고
충혈된 눈으로 멍하니 하루를 여는
축 처진 어깨를 본다

끝닿지 않는 고해의 사막에서
새벽을 낳으면서 영혼이 죽어가는
불야성 환락의 도시
라스베이거스여!

솔바람 향기와 아침 햇살 한 자락이
가슴 깊은 곳에 숨겨진 지성을 일깨우며
끝이 없는 욕망의 세계를
어루만지고 있다

네바다 사막

빈 가지 끝에 매달려
혼자 신음하는
삶

살아 있다는 것 하나만으로도
눈이 부신
혹독하나 찬란한 생명의 힘줄

추위와 더위
외로움이 없는
삶이 어디 있으랴!

서호

민낯의 서시는 소슬바람으로 날 반기고
이태백의 술잔은 는개로 흩날린다

소동파 적벽부의 한들은 물길마저 갈라놓고
악비의 혼은 흔들리는 마음을 다잡는구나

시성과 영웅의 길은 돛단배처럼 흔들리는데
감흥으로 그리움으로 그대들의 혼불을 태운다

찰나를 살다가는 덧없는 삶이지만
오늘 하루는 즈믄 년을 어우르며
비에 취해 바람에 취해
시성들과 술잔을 나누고 싶다

쿠사츠온천

쿠사츠의 풀 맥인
푸르디푸른 캔버스에
샛바람 눈을 녹여
이름 모를 꽃을 피우고

유바다케 노천탕에 담근
새끼발가락 사이로 스며오는
네츠노유 유모미의 노랫소리

흔들리며 펼쳐지는
삶의 현장에서
여로에 눈 뜬 갈증은
휘청거리는 하늘을 쪼고 있다

대마도

청모래 빛 파도소리
별빛 드리운
맑고 고운 밤이면

대한해협을 사이에 두고
광한루 불빛이 지척에 보이는
역사의 현장이 있다

이종무의 말발굽 소리와
조선통신사의 호령 소리에
왜구들이 몸 낮춰 떨고

덕혜옹주의 신음과
최익현의 굳은 충절이
은하수 물결로 맞닿는
바로 그곳에

비류백제의 기상과
세종대왕의 혜안이

켜켜이 쌓인
역사의 틈새를 타고
아리랑 선율처럼
뼛속을 파고드는

우리의 땅이 있다

위화도

압록강 푸른 물도 가던 길을 멈추고
위화도의 숨은 이야기를 보듬고 맴도누나.

단둥과 신의주 사이에 놓인 슬픈 역사의 현장을 씨줄
과 날줄을 엮어 되살펴 보면, 이성계의 회군은 고토를
회복할 호기를 날려버리고 사대의 틀 속에서 자존심마
저 버린 행동이었다 육백 년도 훌쩍 지난 시점에서 또
다른 사욕이 끊어놓은 압록강철교를 지나 위화도를 바
라보며 나도 역사의 죄인인 양하여 이렇게 휘청거리며
서 있다 그렇다! 사욕을 앞세워 조국과 민족의 역사 앞
에 죄를 짓는 일은 수천 년이 지나도 씻기지 않을 오명
이로다.

우리는
녹슨 세월의 껍질을 벗고
뼈아픈 업보의 가르침을 되새기며
통일의 고삐를 부여잡고
터벅터벅 소명의 길을 가야 한다.

독도의 소 울음 소리

삼봉도는 울지 않았다.
가끔은 치오르는 분노를
가슴에 안고 수수 만 년을
속으로 그 속으로 삭일뿐이었다

가지도는 소리 내어 울지 않았다.
폭풍우와 파도를 머리에 이고
동해 한가운데 우뚝 서서
안으로 그 안으로 흐느낄 뿐이었다

제국주의의 광풍과
거꾸로 쓰는 역사의 외침에
가슴 깊은 곳의 분노는 하늘을 치밀어
독섬은 울음을 터트리기 시작하였다

독도의 소 울음 소리에 잠이 깨어
흔들리는 역사를 되새김하며
두 눈 부릅뜨고
주먹 꽉 쥐어보는 이 밤!

이 땅의 시인

이 땅의 시인은 저 먼 별에서도
아름다운 이야기를 훔쳐오는 도둑이다

시인은 이 세상에 존재하지 않은 형상을
언어의 마술로 만들어내는 창조자다

시인은 우주 삼라만상의 변화를
눈여겨보고 찾아내는 염탐꾼이다

시인은 마음이 아파 괴로워하는
이웃을 찾아가 묘약으로 치료하는 의사다

시인은 약하고 없는 자의 편에 서서
함께 신음하고 아낌없이 돕는 자선사업가다

이 땅의 시인은 분단의 아픔을 노래하고
통일의 길을 닦아가는 역사의 선구자다

3부

꿈과 인연

꿈

꿈이 있어 아직도 청춘인데
너마저 날 떠난다면
뉘와 함께 험난한 길을
헤쳐나가리

초승달의 꿈

태곳적 꿈을 먹고
찰나에서 영겁으로
몸 불리어 갈
원시적인 아주 원초적인 발돋움

우리에겐

우리에겐 꿈이 있어요
특별하지도 빛나지도 않는
그저 이웃들과 함께 꾸는
그런 작디작은 꿈이지요
그런 작은 꿈을 꿀 수 있는 것이
얼마나 행복한 줄 모르겠네요.

우리에겐 희망이 있어요
특별하지도 빛나지도 않는
그저 이웃들과 함께 바라보는
그런 소박한 희망이지요
작은 희망 가슴에 안고 사는 것이
얼마나 행복한 줄 모르겠네요.

대왕문어와 가시고기 사랑

연어의 모천회귀 정신으로
사랑의 씨앗 한 톨 내 속에 품었다

소망과 기다림이 교차하는 설렘 속에서
성급한 너의 발길질로
움트는 풋풋한 우리의 만남이여!

나눔의 꽃으로 활짝 피어나는 우리의 혼불이여!
가시고기의 손길마다 전해오는 너의 속삭임이여!

잠결에서도 꿈결에서도
너랑 나랑 대왕문어엄마랑
함께 써내려가는 희망의 일기장이여!

너 오는 길목에 아침 햇살 그득한 비단 멍석을 깔고
행복한 마음으로 배냇짓 모습을 덧칠해본다

전철역 인연

여덟 시 출근길
어깨를 부딪치며 지나간다
발등을 밟고 온몸으로 밀쳐온다
미안하단 말 한마디 없다

사랑이 원망으로 바뀔 무렵
우르르 내리고
그 틈으로 우르르 몰려든다
한 치의 빈틈을 두고
서로 공역 다툼을 한다
증오의 눈길이 부딪쳐
숨 막히는 번갯불이 튀긴다

앞자리에 앉은 학생은 내릴 기색이 없다
발은 생의 무게를 견디느라 신음 중이다

교차역에서 수많은 옷깃 인연들이 내리고
시간의 흐름 따라 한 줄이 통째로 내 차지가 된다

종착역이 다가서자
전철 한 칸의 어엿한 주인이 된다
그 순간 갑자기 스치고 떠난
오늘의 인연들이 그리워진다

비집고 들어서며 눈 흘기던
그 얼굴이 창밖으로 비친다

무지개

꽃향기 물고 두루미 한 쌍
청계천 낮게 날더니
새녘마루 저 끝에서
천둥소리로 대답하며
색동저고리 고운 자태로
도심을 머금고 선 이여!

* 새녘마루 : 동쪽 하늘

귀인

따뜻한 눈빛 하나로
희망을 나누고

정다운 한마디로
행복바이러스를 옮기는

함께 있는 것만으로
미쁘고 마음 시린
귀인을 찾습니다

눈바래기

숲정이길 따라 멀어지는 그대를
길섶에 서서 눈바래기로 보냅니다
온 세상이 뿌옇게 보이지 않을 때까지

* 숲정이길 : 마을 근처에 있는 숲에 난 길

길라잡이

아스라이 꺼질 듯
빛길을 지피는
길라잡이

샛별 같은 그대여

* 빛길 : 빛을 밝혀 세상을 이끄는 길

쥐불놀이

연줄 하나 끊어
오복이 들어오는
나들목에 띄어 놓았지

쥐불놀이 불꽃 날려
익어가는 밤하늘을
별꽃으로 피게 했지

대보름달 볼 때마다 떠오르는
아련한 개구쟁이 얼굴들
뛰어놀던 그리운 산과 들

눈망울

달그림자 속에
언뜻언뜻 스며드는
바로 그대의 선한 눈망울

어머니

돌아보면 아스라이 보이는
그리운 모습 그대

돌아서면 종종걸음으로 다가서는
정다운 목소리 그대

발을 뗄 때마다 그림자로 따라서는
영원한 동반자 그대

흔들릴 때마다 나를 잡아두는
마음의 중심 그대

둥지를 잃을 때마다 손길로 보듬는
사랑의 보금자리 그대

내 마음속에 영원히 살아 있는
하늘 끝 별빛 그대

내 가슴 깊은 곳에서 그댈 만나면

사랑은 아픔이 된다

이 아픔이 온몸에 젖어들면
나는 무엇으로 그댈 위해
노래해야 합니까?

그대로일까

해맑던 얼굴 그대로일까
고운 마음도 그대로일까

관포지교

함께 꿈을 꾸며
같은 방향을 바라보는 그대!

그대는 내가 잘못할 때 충고해주고 슬퍼할 때 말없이
눈물 흘려주고 기뻐할 때 함박웃음 지어주고 실수할 땐
믿어주고 어려울 땐 보듬어주고 서로 허물없이 바라보
고 함께 했던 일들을 그리워하며, 모든 것을 나누고 싶
은 그런 사람이지요.

삶의 순례길에
슬픔과 아픔까지도 나눌 수 있는
당신이 곁에 있어
늘 행복하고 감사합니다.

네 손가락 피아니스트

그녀에게서 생의 시련을 극복한
작은 거인의 모습을 본다

손가락이 네 개뿐이고
다리도 짧은 기형아인 그녀

긍정적인 삶의 깊이가 스며든
피아노 연주자인 밝고 맑은 그녀

쇼팽의 즉흥환상곡과 베토벤의 열정을
신의 경지로 연주하는 그녀

통일 향한 열정으로 조국헌신을 강조하는
103센티미터의 나라의 보배인 그녀

희아의 초아적인 삶을 생각하며
통일의 수레바퀴를 쉼 없이 돌리고 있다

조국이시여

힘든 이에게 웃음을 주고
괴로운 이에게 희망을 주며
아픈 이웃을 보듬어주는,

비틀거리는 이에겐 그늘을 주고
가난한 이웃에겐 양식을 주며
가없는 은혜로 껴안아주는,

아파하고 신음하는 겨레를 위해
두 손 모아 빌어보는
우리의 소망인 님이시여!

조국이시여!

4부

충정과 통일의 길

오! 화랑대역!

우리의 삶이 서린 곳, 바로 그곳
오! 화랑대역!

육사 입교 후 기초군사훈련 시절
우리는 지나가는 열차를 보며
때로는 마음을 던져 도망치고 싶었다.
신라 화랑을 본떠 화랑대역이라 한데
이곳에서 떠나면 춘천이라지?
아니야! 청량리래!
서울 지리에 눈이 어두운 촌놈들은
쉬는 시간이면 삼삼오오 모여 공모를 하곤 했다.

육사생도가 되어 하기군사훈련 시절에는
우리는 화랑대역을 이용하는 단골 하객이 되었고,
우리들은 열차 속에서 목이 터져라 군가를 부르고,
조국수호의 의기를 다짐하였다.
화랑대역은 우리의 역이었고, 경춘선 열차는 호국의
기차였다.

초급장교 시절 외출과 휴가 때는
전후방을 연결하는 단골 열차가 되었고, 화랑대역을
지날 때는
우리는 태릉골 육사후배들을 향해
'조국은 멋진 화랑 너희를 믿는다!'라고 큰소리로 외치
곤 했다.

장군으로 전역한 지금도 가끔은 화랑대역을 찾는다.
아직도 촌놈 모습을 그대로 지니고 있는 역에서
조국을 위해 산화한 전우들의 모습을 본다.
우리의 삶의 간이역에서 서성대며
젊디젊은 너와 나의 모습을 바라본다.
화랑대역에서 함께 한 우정이
국립묘지까지 같이 갈 수 있으리라 다짐해본다.

우리의 젊음과 조국통일을 향한 꿈이 서린 바로 그곳
오! 호국의 역! 화랑대여!

방울꽃

춘천행 청춘열차의 기적 소리
여우비 뒷머리에 숨어
청계천 흰여울에 묻혀들면
방울꽃 개염 없이 그린나래 펴고
물살을 보듬고 흙이랑을 어우르며
나릿물 안단테로 흐른다

너의 모습이 아름다운 것은
목숨마저 아끼지 않고
흔적마저 남기지 않은 채
온몸을 던져 꽃을 피우기 때문이다

* 방울꽃 : 물방울을 예쁘게 이르는 말
  흰여울 : 물이 밝고 깨끗함
  개염 : 욕심
  그린나래 : 그린 듯 아름다운 날개

갈대

산 그림자 껴안고
바람의 속삭임에
춤추는 영혼이여!

가없는 외로움이여!

저렇게 흔들려도
바로 설 수 있다면
떨릴수록 사는 맛을 느끼며

나도 함께 흔들리고 싶다

우리가 있다

조국이여 걱정 마라
여기, 우리가 있다!

아버지

그대는
나의 영혼에
뿌리박은 삶의 힘줄

멀리서, 저 끝에서
별빛에 달 울음소리를
싣고 오는 마부

꿈결에서도 그 중심에 서서
정진하라고
천둥 치는 벼락소리

가보를 태우며
원초적인 혼백을 흔드는
내 생의 영원한 동반자여!

까치야 어쩌란 말이냐

오늘은 정월 초하루! 까치야!
꼭두새벽부터 이렇게 날 부르면
난 어쩌란 말이야

설날 까치야!
너 이리 몸부림쳐 울면
난 어쩌란 말이냐

이곳은 마장동 현대아파트 21층
이 높은 곳까지 올라와 서럽게 부르면
난 어쩌란 말이냐

조국통일의 소식을 물고 왔느냐
모두 잠든 이 시간에 이렇게 울부짖으면
난 어쩌란 말이냐

조국의 밝은 앞날을 이야기하려느냐
내 눈을 보고 이야기해다오
너의 목소리만으로 난 어쩌란 말이냐.

조국을 구할 초인을 이야기하려느냐
죄 많은 내 가슴에 이야기해다오
너의 모습만으로 난 어쩌란 말이냐.

창문을 쪼아대며 날 부르는 까치야
먼 훗날 후손들이 넌 무얼 했냐고 물으면
난 어쩌란 말이냐.

나도 너를 향해 문을 쪼으마
우리 함께 쪼아대면
언젠가 통일의 문이 열리지 않겠느냐.

그 날이 오면 너는 나에게 물어다오.
이 설날 까치는 어쩌란 말이냐고?

나무

나무는 남을 탓하지 않고
선 자리에서 새싹을 틔운다

비가 오면 오는 대로
눈이 내리면 내리는 대로
비탈 자리에 만족하며
아침이슬과 찬 서리를
온몸으로 받아 낸다

햇볕과 달빛을 시린 가슴으로 껴안고
새들에게 갈비뼈도 내주지만
별들과 노래하며
바람 불면 부는 대로
서로 몸 비비고 기대어 서서
한 점 부끄럼 없이
하늘 향해 고개를 쳐든다

나도 나무를 닮고 싶다!

낙엽

파란 가을 하늘에서
은행잎이 우수수 떨어진다

광화문 사거리 은행잎에서
종종걸음을 본다
덕수궁 돌담길 은행잎에서
추억을 더듬는 사랑을 본다
서울역 광장 은행잎에서
부랑자의 두려운 눈빛을 본다

온몸을 벗고 있는 은행나무에게서
가난한 나를 본다

기다림

설레는 마음 하나로
섣달그믐 창문을
밀치고 닫고
또 열어 보았습니다

그대 오는 발걸음 소리
안 들릴까 봐

선구자

대한 역사의 마디마디엔
어려울 때 앞장선 선구자가 있어
우리는 반만년의 시련 속에서도
찬란한 겨레의 신화를 이어왔다

여기, 한반도의 최남단 고흥반도에
시대적 소명이요 역사적인 과제인
평화통일의 문을 열어가는
서른세 명의 선구자가 있다

그들은 삶의 모퉁이를 돌아서
석양을 함께 바라보는 동반자가 되어
한 잔의 커피마저 아껴가며
통일기금 모금의 선봉장이 되었다

금수강산의 평화통일을 위해
배달민족의 더 나은 삶을 위해
목숨이 하나인 것을 아쉬워하며
통일의 문을 여는 그들을 보라!

그 무엇이 이보다 더 아름다우랴!

남과 북이 다시 하나 되는 날
선각자의 헌신적인 삶은 무궁화로 피어나고
통일된 조국은 선구자들의 불타는 애국심을
영원히 기억하리라!

태풍 볼라덴

인생은 끝없는 도전이라며
꽝꽝 큰소리치던 나였지!

태풍 볼라덴이 서울을 거세게 지난다는 2012년 8월
28일 1,600시 청계천에 나가 본 거야 그놈의 호기심 때
문이지 방콕하느라 사람들 모습 보이지 않고 능수버들
뿌리째로 흔들리고, 갈대는 생각 없이 납작 엎드리고 있
는데 아! 글쎄 고방오리 한 쌍 거센 바람을 향해 떡 버티
면서 내 길을 막고 있는 거야 앞에는 수놈이 태풍을 향
해 늠름하게 자리 잡고 뒤에는 암놈이 고고한 자태로 돌
다릴 차지하고 있는 거야 내가 졌다 하고 돌아서려는 순
간 쇠백로 한 마리 초속 30m의 강풍을 향해 날개를 펴
며 비상하는 거야

허구한 날 졸고 있던 그 가냘픈 쇠백로도
강아지 잰걸음으로 뒤뚱대던 고방오리도
볼라덴 정도 우습다며 날갤 펴잖나!

라면 몇 봉지에 아이스크림 몇 개 사 들고

돌아오는 내 모습이
오늘따라 얼마나 처량하던지!

한가위 보름달

솔바람 가을 하늘에
두둥실 곱게 뜬
나의 소망
우리의 희망

강강술래
강강술래

이산가족 상봉

통일 향한 염원마저 흔들리는 날
겹겹이 빗장 걸어가 두어 둔
이산가족의 상봉장면이 눈에 맺혀
봄소식도 휴전선에 걸려 있다

북녘 동포의 헐벗은 모습이
그리움 묻은 눈물과 겹쳐
금강산 그림자를 보듬고
소쩍새처럼 밤새 앓았다

분단의 아픔이 가슴을 도려내는
하루 또 하루를 지내다 보면
장벽으로 막힌 혈류를 뚫고
우리도 바람처럼 넘나들겠지

통증

화창한 봄날에
생의 의로운 항거로
홀로 떨어지는 낙엽을 보며

남모르는 통증으로
흔들리는 마음을 다잡고

맑고 고운 영혼에
통일의 등불 하나 밝힌다

산수유

햇살 이슬 빗은 손길로
겨레의 꿈을 어루만지니

호기심 많은 산수유
슬그머니 새벽문을 열고
북녘 봄소식을 전한다

다시 하나 되어 통일로

동해안 최북단 고성의
통일전망대에 올라서니
비무장지대와 휴전선 너머로
일만 이천 구선봉과 파르스름한 해금강이
해찬솔 백사장과 병풍길로 어우러져
조국산천은 빛솔처럼 아름다워라

손에 잡힐 듯 다가서는
겨레의 땅 내 조국인데
좌와 우로,
진보와 보수로,
종북과 골통으로,
틈새는 더 벌어져
뻥 뚫린 길은
저 혼자 신음하고 있구나

나,
이루어야 할 아름다운 꿈 하나 간직한 채
역사로 굳어진 그 날의 아픔을 딛고

영원한 동경의 몸짓으로 장벽을 쪼아대며
그대 오는 길목을 넓히렵니다

우리,
이제는 갈등과 미움을 벗어 던지고
다시 통일의 주역으로 하나 되어
끊어진 길을 잇는
이음세가 되지 않으렵니까?

5부

배달의 조국이여

무궁화

너는
성스러운 삼천리금수강산
축복의 땅에서 피어나는 민족의 꽃

부지런한 우리를 닮아
아침이슬로 피어나는 희망의 꽃

삼복 중천의 햇살도 이겨내며
은근과 끈기로 피는 불굴의 꽃

오직 님 향한 일편단심으로
노을빛에 꽃잎마저 내려놓는 순결의 꽃

백단심의 근화로
아사달의 어사화로
영광의 무궁화대훈장으로
너는 우리에게 희망이 되었다!
너는 우리에게 조국이 되었다!

아! 겨레의 꽃 근화여!
아! 배달의 꽃 단심이여!
아! 나라의 꽃 무궁화여!

태극기

너는
대한제국의 국기로 태어나
온갖 설움과 압박에도
역사의 자리 자리마다
조국사랑의 징표와 민족사상의 얼개로
그 뜨거운 시대적 사명을 다 해왔다

평화를 사랑하는 민족성의 근원인 흰색 바탕 위에
우주만상의 근원인 일원상을 그린
인간 생명의 원천인 영구불멸의 진리여!

음과 양이 순환하며
우주만물의 생성과 발전을 이루는
태극과 통일의 조화여!

동서남북 사방의 광대무변함과
양효와 음효가 만나
서로 변화하고 발전하는
건곤감리 4괘여!

겨레의 사상과 염원이
그 속에 어우러져
소녀들의 미니스커트로
청년들의 머릿수건으로
붉은 악마의 응원기로
조국의 꿈과 민족의 기상으로

영원을 향해 펄럭이는
우리의 가보여! 민족의 긍지여!

우도농악 한마당

나의 고향 정읍에는 농악 한마당이 있어
중모리와 중중모리장단으로
'여보시오 농부님네' 불러보며
날라리는 혼령을 부르고
꽹과리 소리는 잡귀들을 쫓는다

오방색과 장구 소리는 신들을 달래고
소고의 어여쁜 여인네들과
열두 발 상모의 힘찬 남정네들이
신들린 모습으로 하나로 어우러지면
산과 들과 농부들은 덩실덩실 춤을 춘다

어울림 첫째 마당에 이어
문굿, 판굿, 개인놀이로 이어가며
시간과 영원의 주름살을
휘모리장단에 부포놀이로 펴보며
매도지가락으로 삶의 흥을 돋운다

숨겨졌던 조상의 혼령들이

가슴으로 혼으로 스며들면
우리는 가락과 몸짓을 어우르며
힘든 삶의 격랑 속에서 중심을 잡고
한마당에 피는 야생화가 된다

얼씨구! 좋다!

* 우도농악 한마당 : 2012. 6. 2

아차산성

아리수를 굽어보니
개로왕의 신음, 몽촌토성을 뒤덮고
용마산을 올려보니
장수왕의 함성, 천지를 진동한다

장부로 태어나서 조국을 위해
한목숨 바치는 일이 영광의 길이라서
아차산의 보루 보루마다 이름 없는
전사들의 흔적은 나를 불러 세운다

온달과 평강의 이별의 전주곡인가?
핏빛 진달래 진지를 덮고
연초록 위장복을 입은 병사들의 무리는
성곽을 향해 돌격하고 있다

남북으로 갈라져 싸워온 지도
어언 70여 성상
삼국의 장엄한 역사 저 홀로 흐르고
한강물 하염없이 울고 있을 뿐!

아차산의 원혼들이여!
신음하는 내 조국을 위해
통일 향한 불꽃으로
초아의 험난한 길 매진토록 해주소서!

남한산성

척화비의 아픔이 등 푸른 언어로
날 부르면
잊힐 수 없는
수어장대의 청청한 사연들이
성곽을 맴돌고 있습니다

척화론의 명분과
주화론의 실리가
강화도 신음에
우르르 무너지고

삶과 죽음 사이를 오가는
도탄에 빠진 백성을 뒤로하고
삼전도를 향하는
힘없는 왕의 슬픔이여!

삼배구고두의 아픔이여!

역사의 길목에서

인걸 없는 행궁을 돌아보면
환향녀의 아픔과 슬픔이
종묘사직으로 새겨있습니다

강강술래

아버지
어머니
겨레
우리

역사의 수레바퀴 속에서
켜켜이 쌓인 지층을 뚫고
온몸으로 세월을 이겨내며

젊디젊은 대보름달 불러들여
흔백의 갓을 쓰고
강강술래

지울 수 없는
전통의 뿌리를 맞잡고
강강술래

쌀 한 톨

쌀 한 톨
함부로 버리지 마라

바람과 햇살 쟁여둔
그 속에는

가뭄 속의 목마름과
뙤약볕의 땀방울

태풍과 비바람의 춤사위에
타들어 가는 비 마중

그리고 가슴 조아린 농부의
아픔과 조바심이 스며있다

잡초

그 뒤의
사랑 하나 받지 못한 채

밟히고 짓눌려도
민초의 혼으로
가슴을 태우며 솟아나는
꿋꿋한 생명 한 자락

내 영혼의 꽃
잡초여!

호박꽃

소 울음 소리 맴도는
시골집 토담 위에도

별빛 달빛 쏟아지는
청계천 길섶과 갈 기슭에도

잘 익은 외로움 하나 가슴에 안고
눈길 한 번 주지 않던 이들에게도
온몸 다 받치는

다솜과 아띠의 꽃
호박꽃이여!

* 다솜과 아띠 : 사랑

조국이여 일어나라!

조국은 국상 중!

빨리빨리의 조급증과
대충대충의 부실함이
대한민국의 민낯 되어
역사가 흐르는 맹골수도에서
목 놓아 우는 겨레여!

저 살기 위해 모두를 저버린
선원들의 작태와
소명을 다 하지 못한
한심한 조직들이
염치마저 떠넘기는 지금

달려가지 못하고 밤새워 뒤척이는
애타는 내 마음은
달빛을 모아 바닷물을 멈추고
겨레의 모든 염원과 손을 모아
꿈나무들의 안녕을 위해

기도로 달래고 있다

어두운 구석에서 저 홀로 울고 있는
우리의 소망들이여!

빨리 돌아오라!
겨레의 품으로

조국이여 일어나라!
세월호의 아픔과 슬픔을 딛고 서서

이중섭의 황소

횃눈섭에 흡뜬 두 눈에는
민족의 숨결과
채꾼의 혼이 서리고

드러낸 뼈마디 마디엔
보릿고갤 넘어야 하는 벅찬 고난과
허기진 백성들의 한숨이 스며있다

동족전쟁으로 스러지는
겨레의 아픔을
황소 숨과 굳건한 다리로 버티고 서서

영광의 그 날까지
열정의 뒷심으로 함께 나가자고
힘찬 함성으로 외치고 있다

* 채꾼 : 소를 모는 어린 일꾼

피겨여왕

그대는
우리의 희망이요
우리의 염원이었다

열한 번의 세계신기록에
그랜드슬램을 이룬 진정한
우리의 세계챔피언이었다

스텝의 우아함은 백합을 닮고
스파이럴의 당당함은 백마를 닮아
우리는 경기를 보는 것만으로 행복하였다

눈물을 흘릴 때는 우리도 함께 울었고
하늘을 날 때는 우리도 함께 날았다

'아디오스, 그라시아스'의 은퇴공연에서
아쉬운 마음을 표현한
투란도트의 '공주는 잠 못 이루고'와
어우러진 트리플 살코와 더블 악셀을 보며

우리는 조바심과 아쉬움에 잠 못 이뤘다

이제 스물다섯의 젊은 나이에
역경과 영광을 뒤로하고
더 큰 꿈을 향해 가는 국민요정을 위해
우리는 열렬히 성원하며 박수를 보낼 것이다
그대의 성공을 염원하며 성취를 지켜볼 것이다

행복하라!
미래의 희망을 향해 더 자신 있게
트리플 살코로 뛰어올라라!

먼 훗날 그댈 만나면

우리가 헤어진 지도 칠십여 성상
지금도 서로가 아련한데
먼 훗날 그댈 만나면
우리는 알아볼 수 있을까

얼굴도 모르고 생각도 다르고
말씨와 행동도 너무 달라졌는데
먼 훗날 그댈 만나면
우리는 다가설 수 있을까

삶의 방식도 다르고
문화와 전통도 너무 달라졌는데
먼 훗날 그댈 만나면
우리는 껴안을 수 있을까

통일이 대박이라고 떠드는 요즈음
얼싸안고 기뻐해야 할 그 날을
별과 지새는 달과 삭풍에게 물으며
접동새 우는 서러운 밤을 홀로 지새운다

배달의 조국이여

배달은 하늘을 깨워
조선을 열고
동이는 마늘로 곰을 끌어들여
겨레를 일궜다

산과 물은 구름과 바람의 향기를 엮어
황금벌판을 만들고
무궁화는 별빛과 달빛을 모아
금수강산 삼천리를 수놓았다

천지의 시원인 백두를 머리에 이고
중원을 주름잡고
삼다도 한라에 발을 뻗어
천지를 호령했다

홍익인간과 이화세계의 정신으로
온 인류와 세상을 품에 안고
반만년을 이어오며
찬란한 문명을 일구었다

자랑스러운 천손의 후예들이여!

역사에 숨겨둔 민족혼을 되찾아
백두와 한라가 손을 잡고
팔천만이 하나 되어

이제는
하나 된 배달조국을 만들어야 한다.